Chuuut, je lis !

D'abord, on joue !

Relie les lettres de l'alphabet.

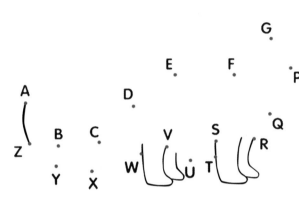

Quel est le point commun de tous ces mots ?

Dinosaure

Brontosaure

Stégosaure

Tyrannosaure

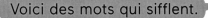

Très bien !

Voici des mots qui sifflent.

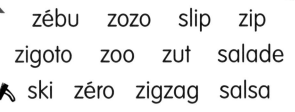

zébu   zozo   slip   zip

zigoto   zoo   zut   salade

ski   zéro   zigzag   salsa

Drôle d'histoire...

Sépare les mots où il y a la lettre **X**.

UnXzozoXenXslipXdanseXlaXsalsa.

UnXzigotoXseXdéguiseXenXsalade.

MaisXunXzébuXlesXarrose.

Zut ! ÇaXglisse !

Bravo !

3

Maintenant, on se détend.
Répète après moi!

**dim dam dom dim dam
dom dim dam dom**

Choisis les livres avec
un titre qui commence
par un G, comme Gontran.

Cherche le livre que Gontran va lire. Il y a son prénom dans le titre !

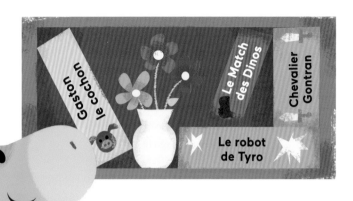

Gaston le cochon

Le Match des Dinos

Chevalier Gontran

Le robot de Tyro

Pour découvrir le titre de ton histoire, remplace la lettre **X** par un **U**, et la lettre **Z** par un **I** !

CHXXXXT,
JE LZS !

Zou, on respire !

ri ra ro ru ri ra ro ru ri ra ro ru

Quelle histoire !

Gontran est un petit

qui adore les  .

Gontran lit tout le temps :
à la maison, à l'école...

Il lit tellement qu'il oublie
tout le reste !

Que va-t-il lui arriver ?

Chuuuut, je lis !

Une histoire de Marie-Claire Mzali-Duprat, illustrée par Daphné Hong.

Gontran est un gentil petit dinosaure ;
un dinosaure mignon comme tout,
mais pas tout à fait comme les autres.
Gontran n'aime qu'une chose :
lire, lire, lire !

Le soleil brille ?
Gontran lit.

La neige tombe ?
Gontran lit.

C'est la nuit ?
Gontran lit.

Gontran lit tout le temps, n'importe
où et par n'importe quel temps.

Le papa et la maman de Gontran sont inquiets : un petit dino doit faire autre chose de temps en temps.

– Viens jouer au dino pendu ! crie Papa, la tête en bas.

– Je lis, répond Gontran.

– Un plongeon ?
Viens dans l'eau !
demande Papa.

– Je lis ! répond
Gontran.

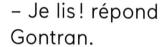

Sa maman lui lance
un défi :
– On fait une course
de trottinettes !

– Je lis !
dit Gontran.

À l'école, que fait Gontran ?
Il lit, bien sûr. Tout le temps !

– Viens jouer à saute-dino avec
moi, demande son copain Lino.

– Encore une page,
et je viens, dit Gontran.

Mais... une page, deux pages...
dix pages plus loin, Gontran
a oublié son copain.

BIBI   *Bibi*

GONTRAN   *Gontran*

CAPUCINE   *Capucine*

MAËL   *Maël*

Même la maîtresse s'inquiète.
Le bureau de Gontran ressemble
à un château fort ! Et Gontran
est comme enfermé dedans.

La maîtresse a une idée.

Aujourd'hui, une nouvelle élève arrive dans la classe. Gontran lit.

La maîtresse s'approche de lui
et dit :
– Gontran, je te présente Alma ;
elle va s'asseoir à côté de toi.

Gontran
ronchonne :
– Je ne veux
personne à côté
de moi !

Mais, pour une fois, il lève les yeux
de son livre.

Deux grands yeux bleus le **fixent**,
par-dessus un petit livre ouvert.

– Ça alors ! Tu lis debout, toi ?
s'étonne Gontran.

– Debout,

assise,

couchée

ou en marchant, je lis
tout le temps ! répond
Alma en riant.

– Et tu lis quoi, là ?
demande le petit dino.

Alma répond :
– Une histoire de chevalier enfermé dans un château. Je te la raconte ? Tu vas voir : je crois que le chevalier va être libéré...
Gontran sourit et dit :
– La lecture, j'adore. Et à deux, c'est encore mieux !

Fin

Tu as aimé ?

Oui ?

Chouette alors !

Allez, maintenant,
on se détend !

Tourne la page...

À chanter sur l'air de *Dans la forêt un grand cerf*.

Dans son château un grand roi
regardait par la fenêtre
un dino venir à lui, qui parlait ainsi :
– Roi, roi, que fais-tu ?
– Eh bien, je ne m'amuse plus !
Dino, dino, entre et viens...
avec tes bouquins !

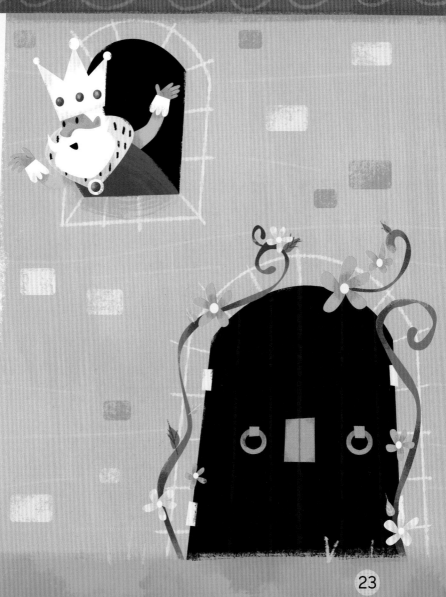

À bientôt !

© 2014 Éditions Milan
300, rue Léon-Joulin, 31101 Toulouse Cedex 9 – France
editionsmilan.com
Loi 49.956 du 16.07.1949 sur les publications
destinées à la jeunesse.
Dépôt légal : 1er trimestre 2016
ISBN : 978-2-7459-7185-2
Imprimé en Roumanie par Canale